AF369901

MÉMOIRE

DE M. SIGAULT,

Docteur-Régent *de la Faculté de Médecine de Paris, lu aux Assemblées du 3 & du 6 Décembre* 1777.

MESSIEURS,

J'ai eu l'honneur de vous annoncer dans votre Assemblée du *primâ mensis* du mois d'Octobre dernier, l'opération de la Section de la Symphise que je venois de faire à la femme du nommé Souchot, Soldat de la Garde de Paris, demeurant cul-de-sac des Peintres, rue Saint-Denis.

Je vous ai supplié en même-tems de vouloir bien me nommer des Commissaires pour constater le fait de la Section, en suivre le traitement, & en recueillir le résultat.

Vous avez eu la bonté de nommer MM. Grandclas & Descemet, qui se proposent, Messieurs, de vous lire aujourd'hui leur Rapport.

Je crois devoir faire précéder cette Lecture de l'exposé succint, 1°. des motifs qui m'ont déterminé à faire sur la femme Souchot, la Section de la Symphise ; 2°. de la méthode que j'ai cru devoir employer pour la faire ; 3°. enfin, du résultat de mon opération.

A

MÉMOIRE

DE M. SIGAULT,

Docteur-Régent de la Faculté de Médecine de Paris, lu aux Assemblées du 3 & du 6 Décembre 1777.

Messieurs,

J'ai eu l'honneur de vous annoncer dans votre Assemblée du *primâ mensis* du mois d'Octobre dernier, l'opération de la Section de la Symphise que je venois de faire à la femme du nommé Souchot, Soldat de la Garde de Paris, demeurant cul-de-sac des Peintres, rue Saint-Denis.

Je vous ai supplié en même-tems de vouloir bien me nommer des Commissaires pour constater le fait de la Section, en suivre le traitement, & en recueillir le résultat.

Vous avez eu la bonté de nommer MM. Grandclas & Descemet, qui se proposent, Messieurs, de vous lire aujourd'hui leur Rapport.

Je crois devoir faire précéder cette Lecture de l'exposé succint, 1°. des motifs qui m'ont déterminé à faire sur la femme Souchot, la Section de la Symphise ; 2°. de la méthode que j'ai cru devoir employer pour la faire ; 3°. enfin, du résultat de mon opération.

A

MÉMOIRE

DE M. SIGAULT,

DOCTEUR-RÉGENT de la Faculté de Médecine de Paris, lu aux Assemblées du 3 & du 6 Décembre 1777.

MESSIEURS,

J'AI eu l'honneur de vous annoncer dans votre Assemblée du *primâ mensis* du mois d'Octobre dernier, l'opération de la Section de la Symphise que je venois de faire à la femme du nommé SOUCHOT, Soldat de la Garde de Paris, demeurant cul-de-sac des Peintres, rue Saint-Denis.

Je vous ai supplié en même-tems de vouloir bien me nommer des Commissaires pour constater le fait de la Section, en suivre le traitement, & en recueillir le résultat.

Vous avez eu la bonté de nommer MM. GRANDCLAS & DESCEMET, qui se proposent, MESSIEURS, de vous lire aujourd'hui leur Rapport.

Je crois devoir faire précéder cette Lecture de l'exposé succinct, 1°. des motifs qui m'ont déterminé à faire sur la femme Souchot, la Section de la Symphise ; 2°. de la méthode que j'ai cru devoir employer pour la faire ; 3°. enfin, du résultat de mon opération.

A

Livré à la pratique des accouchemens , dès les premiers pas de ma carrière dans l'étude de la Chirurgie à laquelle je me deftinois, lorfque des circonftances particulières m'ont déterminé à vous fupplier, MESSIEURS, de m'agréer parmi vous , j'ai regardé comme un de mes premiers devoirs, non-feulement de connoître les différentes manœuvres confeillées ou pratiquées par les maîtres de l'art, dans les accouchemens contre nature, mais encore de fixer mes idées fur la réalité des fecours que l'on doit en attendre légitimement, pour la confervation de la Mere & de l'Enfant tout enfemble.

Mais je ne vous entretiendrai aujourd'hui que de ce qui fait l'objet de ce Mémoire , (me propofant de dépofer un jour dans vos Annales, des obfervations très-importantes fur ces opérations, & même fur le traitement des femmes enceintes, en travail & en couches).

Dans les cas où il eft de toute impoffibilité phyfique que l'Enfant forte vivant par les voies naturelles , l'art ne nous offroit pour le fauver que l'Opération Cézarienne. Malgré quelques fuccès, on ne peut fe diffimuler les malheurs dont cette Opération a été fuivie , & encore moins les dangers auxquels eft expofée l'infortunée qui a le courage de s'y foumettre. Ces dangers feuls font capables d'arrêter la main la plus exercée ; il n'eft donc pas furprenant que fi peu de femmes veuillent s'y réfoudre, puifqu'il fe trouve même peu de Praticiens qui ofent la propofer. Dans ces circonftances, les manœuvres ufitées, fecondées même de toute l'adreffe imaginable, ne tendoient fouvent qu'à faire mourir un enfant dans le corps d'une femme vivante , ou à l'en arracher avec violence, & quelquefois par morceaux , en livrant la Mere à des tourmens inouis.

Ainfi, faute d'un moyen plus doux & plus facile , pour extraire le fœtus , quand le baffin fe trouve vicié ou trop petit , relativement au volume de l'enfant, la Société, la Patrie perdoient tous les jours une infinité de Citoyens ; accident terrible auquel je crus que l'art pouvoit remédier. Inftruit que l'on avoit plufieurs fois obfervé un écartement très-fenfible des os *pubis*, même dans des Accouchemens naturels, je penfai que la Section de la Symphife de ces os , procureroit un écartement plus confidérable & capable de rendre poffible & même facile la fortie de l'Enfant. Ce moyen me parut préférable en tout point à l'Opération Céfarienne ; fur-tout fi l'on pouvoit fe flatter d'affurer la réunion des os *pubis*.

Après avoir mûrement réfléchi, & péfé les inconvéniens & les avantages de cette nouvelle Opération , le premier Décembre 1768 , je communiquai à l'Académie Royale de Chirurgie, un Mémoire , par lequel je propofai de fubftituer la Section de la Symphife dans certains cas où l'on pratiquoit l'Opération Céfarienne. Je demandai que fi cette idée pouvoit être utile , l'Académie voulut bien en faire l'épreuve, d'abord fur les Animaux ; & dans le cas où elle réuffiroit , d'obtenir du Gouvernement une criminelle, condamnée à la mort, fur laquelle on tenteroit l'expérience ; j'indiquai alors les motifs qui me faifoient croire à la poffibilité du fuccès, & les moyens de procéder à l'Opération fur les animaux & fur la femme vivante.

Ce projet parut extraordinaire ; il eut quelques Partifans & beaucoup de Contradicteurs. Néanmoins on nomma Commiffaire M. Rufel, dont le Rapport ne fut pas favorable. Mon Mémoire fut rejetté , & l'Opération profcrite.

M. Camper, célébre Anatomifte Hollandois, dont les travaux & la générofité feront époque dans notre fiécle , inftruit de ma propofition par M. Louis , Secrétaire de l'Académie de Chirurgie, penfa un peu différemment , & crut qu'avant de condamner , il falloit au moins effaier fur des animaux : ce qu'il fit. Le réfultat de fes expériences s'accordoit parfaitement, au moins quant à l'écartement des os *pubis* , avec ce que j'obfervois fur des animaux vivans & fur des cadavres de femmes mortes en travail.

Toujours occupé de mon objet, & de plus en plus autorifé à m'en promettre un heureux fuccès , je propofai cette Opération dans une Théfe foutenue à Angers , & parmi vous , Messieurs, dans une de ces queftions qui s'agitent publiquement à la fin de la licence ; & dès lors je formai la réfolution de la tenter à la premiere occafion qui fe préfenteroit.

Je communiquai mes idées à M. Alphonfe le Roi, dont les écrits favans & lumineux, annoncent les plus profondes connoiffances dans l'Art des Accouchemens. Je favois, qu'à la premiere notion qu'il avoit eûe de mon projet, il l'avoit plutôt regardé comme une belle chimere, que comme fufceptible d'exécution : mais je favois auffi que trop fage pour s'en tenir à des apperçus théoriques , il avoit interrogé l'expérience ; & avoit cherché à connoître, sur les cadavres de femmes mortes depuis peu en travail, ce qu'il devoit croire. La vue d'un écartement considérable sur une femme qui venoit d'expirer en travail, & sur laquelle il avoit fait la Section, ne lui permettoit plus de douter de la possibilité : aussi il s'est prêté à mes desirs avec tous le zèle que je devois attendre d'un Confrére.

En conséquence, j'ai saisi l'occasion qui s'est présentée le premier Octobre dernier, dans l'Accouchement de la femme Souchot. Permettez-moi de mettre sous vos yeux la méthode que j'ai cru devoir employer.

La femme Souchot, âgée de trente-neuf ans, haute de trois pieds huit pouces & demi, très-difforme dans sa stature, toute rachitique, d'un tempérament cacochime, très-irritable & très-sensible, me fit appeller le premier Octobre dernier, à minuit, pour l'accoucher de son cinquième Enfant.

J'engageai M. Alphonse le Roi, à vouloir bien venir l'examiner avec moi.

Cette femme étoit déjà accouchée quatre fois ; j'avois assisté & coopéré avec des personnes de l'Art, à ces Accouchemens qui ont tous été contre nature, & qui n'ont procuré que des Enfans morts. Le détail du quatrième, dont je vais vous rendre compte, & qui a été absolument semblable aux trois premiers, vous fera voir, MESSIEURS, que j'ai pris toutes les précautions nécessaires pour constater l'impossibilité physique où étoit cette femme, d'accoucher naturellement, telles *manœuvres* qu'on pût proposer.

Je crus ne pouvoir mieux faire que d'appeller à ce quatrième Accouchement, qui se fit en 1775, MM. Vicq-d'Azir, Thouret & Roussel, Médecins de la Faculté de Paris ; M. Verdier, de celle d'Angers ; MM. Levret, Destremeau, Thevenot, Coutuli, Dufault, Marchais, Baudot, tous Chirurgiens-Accoucheurs, pour m'aider de leurs lumières & de leurs conseils ; enfin tous les Eléves de M. Levret y assisterent, avec Madame de Santussan & Mademoiselle sa Fille, très-versées dans l'Art des Accouchemens.

M. Levret ayant examiné le premier, en présence de toutes ces personnes, la femme Souchot, prit les dimensions du bassin qu'il annonça être de deux pouces & demi dans son petit diamètre, qui s'étend du *sacrum* au *pubis* ; cette dimension &

le vice du baſſin , étant bien conſtatés , & aſſuré qu'on ne pourroit jamais ſe procurer l'Enfant vivant par les manœuvres ordinaires, je propoſai la Section de la Symphiſe. Elle fut unanimement rejettée ; j'indiquai enſuite l'Opération Céſarienne ; M. Thevenot, ſeul l'adopta. L'Enfant s'étant préſenté par les mains , M. Levret trouva qu'elles étoient très-petites , & crut que le reſte du corps devroit être dans la même proportion , & que par conſéquent l'Enfant pourroit paſſer vivant.

Je combattis en vain l'opinion de ce ſavant Chirurgien-Accoucheur : l'expérience des trois premiers Accouchemens m'avoit convaincu, que, quoique petits, les Enfans de la femme Souchot très-vigoureux & très-viables, n'avoient néanmoins pû être arrachés qu'avec les plus grandes violences : j'annonçai poſitivement qu'on ne ſeroit pas plus heureux.

M. Deſtremeau porta néanmoins la main dans la matrice, pour y aller chercher les pieds de l'Enfant , & les amena au dehors avec aſſez de peine. Cette difficulté augmenta lorſqu'il fallut le faire avancer. Envain il employa toute ſa force pour l'arracher ; épuiſé de fatigue , il fut relevé par cinq à ſix de ces Meſſieurs , ſucceſſivement ; mais ils furent, pour ainſi dire, mis tous tous hors de combat ; les efforts les plus violens furent inutiles.

A Dieu, ne plaiſe que je veuille ici faire aucun reproche aux habiles gens qui ont fait dans ce moment tout ce qu'ils ont pû & de leur mieux ; c'étoit le terme de notre Art.

L'Enfant ayant perdu la vie , je tentai à mon tour de l'extraire ; mais bientôt après un de ces Meſſieurs s'offrit à me relever, ſe ſaiſit de l'Enfant , fit de nouvelles tentatives auſſi violentes que les premières , & vint à bout enfin de l'arracher. Sa tête étoit très allongée, elle venoit de paſſer par la filiere ; elle n'avoit plus de forme naturelle , & préſentoit un enfoncement conſidérable ſur le pariétal gauche, qui paroiſſoit s'être moulé ſur les obſtacles qu'elle avoit rencontrés.

M. Levret convint alors que la femme Souchot étoit dans l'impoſſibilité phyſique d'accoucher naturellement, & qu'elle ne le pourroit que par l'Opération Céſarienne.

Aſſurément ſi le *forceps* eu pû être de quelque utilité dans cette circonſtance, comme l'ont prétendu depuis quelques perſonnes, M. Levret à qui l'Art en doit le *perfectionnement*, n'auroit pas manqué de le propoſer.

Convaincu par cette malheureuse expérience , & les trois Accouchemens précédens, aussi infructueux, que le cinquième ne seroit pas plus heureux, je me déterminai à faire la Section de la Symphise. En conséquence , assisté de M. Alphonse le Roi, j'incisai la peau & la graisse un peu au dessus du *pubis* , jusqu'à la commissure des grandes lévres, Opération très-peu douloureuse ; cette première incision faite, la Symphise, partie insensible, se trouvant à découvert , je pénétrai les muscles piramidaux & la ligne blanche, & j'introduisis par cette ouverture l'index de la main gauche le long de la partie interne de la Symphise, je continuai la Section du ligament & du cartilage qui se trouvent très - épais au dernier terme de l'Accouchement.

Aussi-tôt après la Section , il se fit un écartement subit de deux pouces & demi , je profitai du moment pour introduire la main dans la matrice & y percer les membranes de l'Enfant, dont je saisis aussi-tôt les pieds, que j'amenai au dehors. L'Accouchement fut très-heureusement & promptement terminé , & avec toute la dextérité possible, par M. Alphonse le Roi. Le diamêtre transversal de la tête de l'Enfant, mesurée d'une bosse pariétale à l'autre, portoit trois pouces & demi : le bassin n'ayant que deux pouces & demi , & par conséquent un pouce de moins que ce qu'il nous falloit d'ouverture, il est constant que l'Enfant auroit péri, comme les quatre autres, si je n'avois pas fait la Section de la Symphise.

Toute l'Opération & l'Accouchement n'ont pas duré plus de quatre ou cinq minutes. Nous avons ensuite appliqué le premier appareil & contenu les os pubis , au moyen d'une serviette mise autour du Corps.

Je crois, MESSIEURS, devoir vous faire observer que n'ayant point été prévenu de la grossesse de la femme Souchot, surpris par le moment, n'étant point muni pour l'instant de l'instrument obtus & arrondi que j'avois fait faire pour mes expériences, & dont j'ai donné la description dans mon Mémoire pésenté à l'Académie de Chirurgie, étant moi même très-malade , mal éclairé d'ailleurs par une Garde effrayée , dont la main tremblante faisoit vaciller la lumière, je fis l'Opération, presque sans y voir, avec un bistouri droit ordinaire. Quoique bien secondé par mon Confrere , néanmoins contrarié par les circonstances & sur-tout ému & très-ému, j'en conviens, puisque je tentois une opération abfolument neuve, dont le fuccès même a été problêmatique parmi les gens de l'Art, je perdis la ligne de direction, en décrivant une diagonale de droit à gauche; le biftouri que j'aurois dû faire arrondir à fon extré-mité, étant au contraire aigu, j'intéreffai une portion du méat urinaire; accident fans doute très-évitable, & que mon exem-ple fera fûrement éviter pour toujours, fur-tout fi l'on veut s'attacher à la méthode que je me propofe de publier inceffam-ment.

On a cherché, MESSIEURS, à faire regarder comme un in-convénient très-grave & inféparable de l'Opération, cet acci-dent qui, aux yeux des gens inftruits, ne paroîtra jamais que ce qu'il eft, une bleffure très-légere & facile à guérir. Un acci-dent plus important eft l'incontinence d'urine qui a fuivi l'O-pération, a été confidérable & même continue dans les com-mencemens, mais qui diminue chaque jour, & n'a lieu que dans certaines pofitions de la femme Souchot, ainfi qu'elle vient de le déclarer, en répondant aux différentes queftions que lui a faites M. le Doyen. Ma feule fonction aujourd'hui, MESSIEURS, eft de vous tracer l'hiftoire de l'Opération que j'ai faite; je me réferve à vous prefenter mes réflexions fur les fuites qu'elle a eues, fur l'importance de ces fuites, & fur les moyens que je crois propres à les éviter ou au moins à les di-minuer.

Je m'étois propofé de tenir le Journal de la maladie, du traitement, & des accidents particuliers furvenus à la fuite de cet accouchement & de vous en rendre compte: mais une ma-ladie très-grave, dont je me fuis trouvé accablé, m'en a empê-ché. M. Alphonfe le Roi qui a bien voulu me fuppléer, peut le faire à ma place. Quand je ne me ferois pas repofé fur fon zèle, vous devez croire, MESSIEURS, que je ne pouvois qu'a-voir la plus haute confiance dans les lumières & l'exactitude, j'ofe dire même l'amitié, de MM. Grandclas & Défcemet, s'ils veulent bien permettre à ma reconnoiffance de s'en honorer ici.

Au refte, MESSIEURS, la réunion de la Symphife cartilagi-neufe des os *pubis* chez la femme Souchot eft abfolument faite; elle s'eft levée dès le 16 Novembre dernier; la variété de fes mouvemens dans fon lit, faifoit préfager cette réunion. Elle marche actuellement fans foutien, comme vous venez de le voir; elle monte & defcend de fon lit, leve & écarte les jambes avec la plus grande facilité. Elle reprend tous les jours des forces & fera inceſſamment dans le cas, ſi elle le juge à propos, de ſe montrer en Public.

Son enfant qu'elle a allaité pendant le premier mois, mais que nous n'avons pas jugé à propos qu'elle continuât de nourrir, eſt maintenant confié au ſoin d'une autre Nourrice, & ſe porte très-bien ; il vient de vous être préſenté.

Je manquerois, MESSIEURS, dans ce moment au devoir le plus cher & auſſi flatteur pour moi que le ſuccès même que je viens d'obtenir, ſi je ne vous témoignois pas à tous en général & à chacun de vous en particulier, toute ma gratitude de l'intérêt que vous avez bien voulu prendre à mon Opération & à la maladie cruelle que je viens d'éprouver. Je m'empreſſe de venir dépoſer ce ſuccès dans vos Regiſtres. Ma découverte l'eſt dans ceux de l'Académie Royale de Chirurgie. Quoique quelques-uns d'entre eux, ayent été aveuglés au point de vouloir détruire l'exiſtence d'un fait, par des raiſonnemens théoriques, je n'en rendrai pas moins au corps toute la juſtice qui lui eſt dûe. Il a improuvé hautement ces excurſions que jamais les gens de l'Art ne devroient ſe permettre. Pluſieurs d'entre eux ſe ſont vivement intéreſſés à la réuſſite & l'ont déſirée ; mais vous, Meſſieurs, parmi leſquels toutes les hautes Sciences ont trouvé toujours & trouvent des ſectateurs zèlés, vous, qui avez fait, pour le bonheur des humains, les plus importantes découvertes, vous avez accueilli, avec ce ſentiment qu'inſpire une Humanité éclairée, la premiere nouvelle de mon Opération. Votre empreſſement à nommer des Commiſſaires diſtingués par leurs connoiſſances dans l'Anatomie & dans l'Art des Accouchemens, la conſtance avec laquelle pluſieurs d'entre vous ont ſuivi le traitement, vous méritent la reconnoiſſance des Citoyens & la mienne.

Agréés l'hommage de ce premier fruit d'un travail de neuf années ; ſoyez mes Juges, & inſtruiſez le Public.

Signé, JEAN-RENÉ SIGAULT, D. M. P.

A Paris de l'Imprimerie de QUILLAU, Imprimeur de la Faculté de Médecine, 1777.

RAPPORT

DE MM. Grandclas *&* Descemet *,
au sujet de la Section de la Symphise des os pubis,
faite par M.* SIGAULT, *Docteur-Régent de la
Faculté, la nuit du premier Octobre* 1777.

MESSIEURS,

LE 2 Octobre, à dix heures du matin, nous nous sommes
transportés chez la dame Souchot, demeurant cul-de-sac de la
Porte aux Peintres, rue saint-Denis, pour y remplir la Commis-
sion dont vous nous aviez honorés.

Cette femme que nous avons trouvée couchée dans son lit,
n'a que trois pieds huit pouces de haut, elle est rachitique, ses
cuisses sont arquées & forment une courbure en dedans. Les
jambes sont aussi contrefaites : les crêtes des deux *tibia* font
une saillie très-considérable en devant. La Symphise du *pubis*
a trois pouces de longueur.

Nous avons examiné le lieu de l'opération, & nous avons vu que
l'on avoit fait une incision au-dessus du *pubis*, en descendant sui-
vant la ligne de la commissure supérieure des grandes levres. Ayant
écarté les grandes levres, nous avons reconnu que l'incision
avoit été prolongée sur la gauche, dans la longueur de la

A

Symphife du *pubis*, entre les petites levres jufqu'au vagin, exclufivement ; que la jambe gauche du clitoris, une partie des petites levres, l'extrêmité du méat urinaire avoient été coupées, ce que l'on reconnut entièrement & plus décidément dans la fuite ; le gonflement s'oppofoit alors à bien déterminer la marche de l'incifion. Nous avons féparé les levres de la plaie ; alors nous avons vu que les os *pubis* n'étoient plus unis, mais qu'ils étoient féparés du haut en bas, par la Section que l'on avoit faite du ligament & de la fubftance intermédiaire qui réuniffoient l'efpace entre les deux os, de manicre à permettre de paffer aifément le doigt indicateur entre, & de le retourner, pour pouvoir apprécier l'écartement qui nous a paru être de près d'un pouce. L'écartement des os *pubis* étoit moins grand dans le haut que dans le bas ; on voyoit dans le fond de la plaie, le tiffu cellulaire de la veffie, qui étoit blanc.

La plaie étoit belle, vermeille. La malade ne fentoit aucune douleur dans le lieu de l'Opération, ni lorfqu'on la panfoit, ni lorfqu'on la mettoit fur le côté après le panfement, pour faciliter la réunion des parties féparées.

Le vagin n'a point été intéreffé dans l'Opération ; il étoit entier & nullement douloureux. Il y avoit cependant une *chûte* de cet organe, que la Malade nous a dit porter depuis fa troifieme couche.

Son lit étoit inondé de ferofités, que nous attribuâmes d'abord aux évacuations qui ont coutume de fe faire après l'accouchement.

On avoit mis autour du baffin, une ferviette en double pour rapprocher les os *pubis* ; du refte la Malade étoit gaie, n'avoit point de fiévre, & fon Enfant, qu'elle nourriffoit, fe portoit bien.

Le troifieme jour, la plaie eft devenue douloureufe ; la Malade ne pouvoit pas refter fur le côté, mais feulement fur le dos. Dans cet état, lorfqu'on lui rapprochoit les genoux, elle fouffroit un peu, ce qui a obligé de ne pas ferrer le bandage. La Malade ayant trop de lait pour fon Enfant, on l'a fait têter par fon mari.

Le lendemain, nous portâmes le doigt dans le vagin, pour reconnoître le progrès de la réunion des os, l'écartement nous parut moindre.

Cependant, après avoir féparé les bords de la plaie, nous vîmes que les deux os *pubis* étoient encore affez éloignés l'un de l'autre. On appercevoit auffi le tiffu cellulaire de la veffie, qui étoit auffi blanc que le premier jour.

Le fixieme jour la Malade reffentit une douleur dans les reins, dans la feffe & la cuiffe gauche. Elle portoit le genou gauche fur le droit, & fouffroit quand on vouloit lui écarter la cuiffe. Nous attribuâmes cette douleur à quelques mouvemens inconfidérés, que la Malade avoit faits la veille dans fon lit. Et nous crûmes qu'ils avoient été occafionnés par un effort qui avoit ébranlé la Symphife cartilagineufe des os des illes avec l'os *facrum*.

Mais par des informations ultérieures, nous apprîmes que la Malade avoit eu, ce qu'on nomme vulgairement un lait répandu, dans cette cuiffe, après fa premiere couche ; qu'elle avoit reffenti les mêmes douleurs après fes autres couches, & que, dans l'intervalle de fes groffeffes, elle étoit avertie de l'approche de fes régles, par des douleurs dans la feffe & dans la cuiffe. Cette douleur a fubfifté pendant tout le traitement, tantôt plus forte, tantôt moindre ; actuellement elle n'eft pas entièrement diffipée.

Le douzieme jour, la Malade fouffroit plus dans l'endroit de l'Opération, que les premiers jours ; ce que nous avons attribué à la fenfibilité des mammelons charnus qui commençoient à recouvrir la plaie, lefquels étoient froiffés dans les mouvemens qu'on lui faifoit faire pour la changer ; mouvemens indifpenfables dans l'état d'une femme en couche, qu'il eft effentiel de tenir proprement & féchement, & chez laquelle il fe faifoit un écoulement de férofité, très-abondant, par la vulve.

Le quatorzieme jour, nous examinâmes la partie inférieure de la Symphife. Ayant introduit le doigt dans le vagin, nous reconnûmes l'écartement des os *pubis*, mais nous ne trouvâmes plus de vuide entre-eux. L'écartement n'étoit pas même auffi confidérable que nous l'avions trouvé les premieres fois, & nous fentîmes qu'il y avoit entre les os une fubftance déja affez confiftante, qui rempliffoit leur intervalle. Nous avons encore remarqué, que les deux os n'étoient pas alignés ; que la tubérofité fupérieure du côté gauche , defcendoit d'environ une ligne au-deffous de la tubérofité du côté droit.

Le feize , nous trouvâmes la partie fupérieure de la Symphife tout-à-fait foudée. On ne diftinguoit plus l'intervalle des deux os, que par la petite échancrure qui eft entre les deux tubérofités. La partie inférieure étoit remplie d'une fubftance qui réfiftoit fous le doigt , & qui fermoit l'efpace qui avoit fubfifté entre les deux os féparés. Depuis plufieurs jours l'écoulement de ferofité étoit moins abondant. La Malade urinoit plufieurs fois le jour dans un pot de chambre.

La Malade allant de mieux en mieux , demandoit à manger, & difoit qu'elle ne fe trouvoit pas affez nourrie avec le riz & la foupe qu'on lui donnoit.

Le dix-huit, nous voulûmes examiner la partie antérieure de la Symphife ; mais en écartant les levres de la plaie, nous trouvâmes que le fond étoit couvert de chairs vermeilles, qui nous empêcherent de la voir.

Le dix-neuf , la Malade reffentant peu de douleurs dans la feffe , fe coucha fur le dos. Dans cette pofition, elle n'éprouva aucune douleur dans le lieu de l'Opération. Nous remarquâmes que le bord gauche & antérieur de la Symphife étoit plus élevé & dépaffoit de quelque chofe le bord droit. Depuis fix à fept jours, on avoit tenu l'appareil très-lâche, à caufe qu'il augmentoit les douleurs de la fciatique ; l'écoulement laiteux étoit peu de chofe.

Le vingt, la Malade s'eft enrhumée ; le rhume a duré jufqu'au vingt-trois, inclufivement. Mais ce jour, l'écoulement de ferofité fut fi abondant qu'il nous effraya. M. le Roi en porta environ un demi feptier chez M. Bucquet , notre Confrére, pour la faire analyfer. Par l'analyfe , nous apprîmes que ce n'étoit que de l'urine.

Le vingt-quatre, la Malade eut un chagrin domeftique, qui lui occafionna une révolution affez confidérable ; il furvint un mouvement fébrile qui n'a pas eu de fuite ; cependant , la peau étoit douce & fouple , comme elle l'a été pendant tout le cours de la maladie ; la Malade s'eft mife à fon féant ; l'écoulement involontaire d'urine à été moins abondant que la veille.

Le vingt-fix, la Malade s'eft enrhumée de nouveau, ce rhume la été pus fort & plus long que le précédent, & la toux plus fréquente. Il a duré douze jours. Le 27, l'évacuation involontaire des urines a été assez grande pour couler sous le lit, quoique la Malade eût uriné cinq fois depuis le soir jusqu'au lendemain midi. Il nous paroît que ces rhumes ont été occasionnés par le refroidissement que la Malade a éprouvé dans son lit, qui étoit toujours mouillé, quelques précautions que l'on ait prises pour la tenir sèchement. Nous examinâmes la partie antérieure de la Symphyse, la Malade étant sur le dos. Il nous parut que les deux bords étoient de niveau. Mais l'inégalité de deux tubérosités subsistoit. Le rapprochement des os étoit tel, que l'on ne sentoit plus qu'un trait, dans la longueur de la Symphise.

La mammelle gauche devint douloureuse, & le lait s'y grumela, parce que la Malade négligea de donner à têter à son enfant de ce côté, trouvant qu'il lui étoit plus commode de donner le sein droit, à cause de la position que l'on continuoit de lui faire garder dans son lit.

Le vingt-huit, l'écoulement involontaire fut si abondant, que la terrine, qui étoit sous le lit, & qui contenoit à peu près deux pintes, fut remplie depuis le matin jusqu'à midi. Le 29, la Malade avoit rendu moins d'urine, la terrine qui étoit sous le lit, ne fut pas à moitié pleine dans l'espace de vingt-quatre heures. Nous jugeâmes que la Symphise étoit entierement soudée ; parce que la malade, couchée sur le dos, s'étant soulevé le corps, appuyée sur les mains & sur les pieds, ne sentit aucune douleur, ni aucun dérangement dans le lieu de l'Opération.

Le trente, la mammelle dans laquelle le lait s'étoit grumelé, devint plus douloureuse ; il s'y forma un dépôt laiteux de la largeur d'un écu de trois livres, dans la partie supérieure près de la Papille.

Le trente-deux, la Malade se tint à son séant pendant une heure.

Le trente-trois, le sein s'ouvrit, les urines sortirent involontairement par l'effet de la toux, pendant les quatre jours suivans. L'appétit avoit diminué depuis le rhume.

Le trente-quatre, on a cessé de panser la Malade.

Ce pansement a toujours été très simple. On a mis sur la plaie un plumaceau, avec une compresse, trempés dans de l'eau-de-vie & du blanc d'œufs battus ensemble, quelque fois

& dans le temps où l'écoulement d'urine a été le plus abondant, on a fait couler dans la playe quelques gouttes de baume
de Fioraventi, ou une diſſolution de maſtic dans l'eſprit de
vin, & on introduiſoit dans le bas de la plaie un peu de char-
pie imbibée de ces liqueurs.

Le trente-cinq, la Malade fut purgée avec deux onces de
mâne, qui la firent vomir & aller quatre fois à la ſelle.

Le trente ſept, nous examinâmes le lieu de l'Opération. Ayant
demandé à la Malade d'uriner devant nous, nous reconnûmes
que le méat urinaire avoit été coupé à ſon extrémité; que les
petites levres n'étoient pas réunies à l'endroit de leur commiſ-
ſure ſupérieure, & que la jambe du clitoris qui avoit été cou-
pée, n'avoit pas repris.

Le trente-huit, la toux a diminué, & l'écoulement des urines
n'a plus été totalement involontaire.

Le trente-neuf, on donna une Nourrice à l'enfant, parce que le
lait de la Mere ne lui ſuffiſoit pas ; qu'il couloit par les ſeiles, &
que l'enfant commençoit à dépérir.

Le quarante-un, la Malade couſoit dans ſon lit, aſſiſe à ſon
ſéant : elle étoit fort gaie. Le lait couloit par les ſelles, les ſeins ſe
dégorgoient, particulierement celui, où le lait s'étoit grumelé.

Le quarante-ſix, nous lui avons introduit une bougie creuſe
dans le canal de l'urthère, à deſſein de procurer la réunion du
bord du méat urinaire : elle eſt entrée aſſez aiſément, & l'urine
eſt venue par ſon extrémité. Enſuite nous l'avons levée, après lui
avoir mis un bandage qui lui ceignoit les os du baſſin, & dont
les extrémités venoient ſe réunir devant le Pubis, ſur lequel
il étoit fermé & aſſujetti avec deux ſous-cuiſſes. La Malade
marcha fort bien depuis ſon lit juſqu'à la cheminée, ſans ſen-
tir la moindre douleur, ni le moindre mouvement dans le lieu
de l'Opération.

Les quarante-ſept & quarante-huit, elle s'eſt levée avec le
bandage.

Le quarante-neuf, nous l'avons trouvée dans ſon lit. Elle avoit
ôté ſon bandage, parce qu'il lui occaſionnoit une preſſion dou-
loureuſe des deux côtés de la Symphiſe, & qu'il l'incommodoit à
l'endroit de la crête de l'os des îles du côté droit, dont la levre
externe eſt très-tranchante chez cette femme. Depuis ce jour juſqu'à préſent, qui eſt le ſoixante de la maladie, la femme Souchot

a continué de marcher à l'aide d'un bâton & souvent sans appui. Elle reſſent encore ſa douleur de ſciatique, qui paroît être la ſeule choſe qui l'empêche de marcher auſſi facilement qu'elle faiſoit avant l'Opération.

D'après le détail que nous venons de vous faire, MESSIEURS, de tout ce qui eſt arrivé d'intéreſſant à la Malade; il s'enſuit que les accidens ſurvenus pendant le cours de ſa maladie, ſe réduiſent principalement à trois; ſavoir, la douleur qu'elle a reſſentie dans la feſſe & dans la cuiſſe, le petit dépôt laiteux qui s'eſt formé dans la mammelle gauche, & l'écoulement involontaire des urines.

Le premier eſt une ſciatique que la Malade porte depuis ſa premiere couche, à la ſuite d'un lait répandu; il lui eſt revenu après ſes autres couches, ainſi qu'à cette derniere. Dans l'intervalle de ſes groſſeſſes, elle en a toujours reſſenti quelqu'atteinte à l'approche de ſes regles : nous croyons pouvoir dire que cet accident eſt entiérement indépendant de l'Opération, & n'en peut pas être regardé comme une ſuite.

Le ſecond eſt très-ordinaire aux femmes, ſur-tout à celles qui nourriſſent & négligent de ſe faire téter des deux côtés. La femme SOUCHOT, à raiſon de ſa poſition dans ſon lit, couchée ſur le côté droit, ne pouvoit pas donner à téter commodément à ſon enfant du côté gauche. C'eſt delà qu'eſt venu l'engorgement du lait dans la mammelle gauche.

Le troiſieme accident nous paroît dépendre uniquement de l'Opération.

Mais vous ſavez, MESSIEURS, qu'il eſt très-ordinaire qu'il ſurvienne une incontinence d'urine dans preſque tous les accouchemens laborieux. Il n'eſt pas étonnant que dans celui-ci, où une partie des attaches de la veſſie & de ſon col ont été fort affoiblies ou détruites, il ſoit ſurvenu un écoulement involontaire d'urine, qui diminue tous les jours, & qui ceſſera vraiſemblablement, lorſque les parties léſées auront repris leur reſſort naturel.

Nous croyons que l'Opération de M. SIGAULT eſt ſans danger pour la vie des Malades. Il ne s'agit que d'ouvrir les tégumens, de couper le ligament qui eſt au devant de la Symphiſe & la ſubſtance ligamento-cartilagineuſe qui unit les os pubis. On ne riſque que d'ouvrir un petit rameau de l'artère honteufe externe qui fournit peu de fang. Or , la féparation de ces parties n'entraîne aucun accident , & n'eft pas très-douloureufe , au rapport de la femme SOUCHOT. Celui qui auroit été le plus à craindre & le feul qui, jufqu'à préfent, a fait rejetter cette Opération, étoit l'incertitude que la Symphife pût fe reffouder, & que l'Opérée eût pu marcher. L'heureufe expérience que la femme SOUCHOT fait du contraire, nous confirme dans la perfuafion où M. SIGAULT étoit de la poffibilité de cette réunion. L'ayant vu marcher feule & fans bandage, nous fommes autorifés à conclure qu'elle eft parfaitement guérie, & que cette Opération, qui n'eft ni douloureufe, ni difficile à faire , eft préférable à l'Opération Céfarienne dans bien des circonftances, & fur - tout quand l'enfant peut fortir par les voies naturelles.

Nous concluons auffi qu'on ne peut trop exhorter M. SIGAULT, Inventeur de cette Opération, a continuer fes recherches pour la perfectionner : nous croyons que fon travail fera de la plus grande utilité. Nous ne pouvons trop louer la conduite prudente & éclairée qu'il a tenue dans toute cette affaire, & la générofité avec laquelle il a fourni aux befoins de la Malade, qui fait le fujet de cette obfervation ; & notre avis particulier feroit que la Faculté, en rendant public fon travail, lui décernât un prix d'honneur, jufte témoignage de fon eftime & de fa reconnoiffance.

Nous ne vous laifferons point ignorer combien M. Alphonfe LE ROI a contribué au fuccès de l'Opération. M. SIGAULT l'avoit choifi, parce qu'il étoit également perfuadé de la poffibilité de la réuffite. Non - feulement il a affifté à l'Opération & a aidé M. SIGAULT de fes lumieres , comme M. SIGAULT en enconvient, mais encore il l'a fuppléé pour les panfemens, qu'il a faits réguliérement deux fois par jour : il a donné les foins les plus particuliers aux différens accidens qui font furvenus dans le cours de la maladie, & a fubvenu aux befoins les plus preffans de la Malade par fa générofité. *Signé,* GRANDCLAS, DESCEMET.

J. C. DESESSARTZ, Doyen.

A Paris, de l'Imprimerie de QUILLAU, Imprimeur de la Faculté de Médecine , 1777.